L'éternité rouge

Fiction

Francine Prévost

L'éternité rouge

Fiction

TROIS

Cet ouvrage est publié dans la collection TOPAZE
dirigée par Anne-Marie Alonzo.

© Éditions TROIS
2033, avenue Jessop
Laval (Québec)
H7S 1X3

Diffusion pour le Canada: PROLOGUE
                                  1650, boul. Lionel-Bertrand
                                  Boisbriand (Québec) J7E 4H4
                                  Tél.: (514) 434-0306

Diffusion pour la France   LA PANTOUFLE CHARENTAISE
et l'Angleterre: Juillé
                                  16230 Mansle
                                  Charente, France
                                  Tél.: 45 39 09 14

Cet ouvrage a été publié grâce à une subvention du Conseil des Arts du Canada.

Données de catalogage avant publication (Canada)

Prévost, Francine
L'éternité rouge

(Collection Topaze)
ISBN 2-920887-49-1

    I. Titre. II. Collection.
PS8581.R48E83 1993   C843'.54   C93-096961-8
PS9581.R48E83 1993
PQ3919.2.P73E83 1993
Dépôt légal: Bibliothèque nationale du Québec
                  Bibliothèque nationale du Canada
                  3ᵉ trimestre 1993

Dessin de la couverture: Francine Prévost
Couverture: Maxima & Les Productions A.M.A.
Montage: Andréa Joseph

À Pierre,
À Claudia Kür, Denise Dionne
et Michelle Allen.

« … j'entre dans le domaine des métamorphoses du songe. »

Marguerite Yourcenar

FRAGMENTS DE FEMMES

PROLOGUE

L'inertie apparente se trouble au moindre frisson, à la moindre odeur. Dès que la lumière vacille, des courbes se dessinent là où les droites s'imposaient et le paysage devient méconnaissable. On a beau chercher des points de repère, on n'entend que les échos indéchiffrables du silence.

Pourtant, le soleil ne cesse de convaincre ces femmes de la beauté des lentes germinations. Mais le pillage a été si sauvagement entretenu pendant toutes ces années qu'elles désespèrent parfois de voir courir la moindre vigne.

Et c'est là tout à coup, dans ce désarroi de l'attente que la pierre se met à bouger sous la poussée de la première végétation. Elle se fraie un chemin dans le blanc de la neige et trouve dans cette humidité sombre de quoi nourrir ses racines.

C'est bientôt tout en enchevêtrement de nerfs qui se déploie.

Le sol se met à trembler.

Et pour la première fois, la peur s'offre au grand jour devant elles, toutes nues.

PETRA

Son univers est fait de velours rouge et de soie délicate, de passions et de léthargie.

À certains moments tout est lisse, blanc, propre, sans manque et sans absence. Une grande surface plane, silencieuse. Puis soudain et parfois au même moment, des trous apparaissent, des rugosités poreuses, des brèches, des pièges, des boursoufflures.

La surface craque dans un grand fracas. Devant Petra, une porte qu'elle aimerait ouvrir, mais ce qu'il y a derrière, elle craint de le respirer.

Elle se voudrait légère. Si elle avait pu vivre en jetant un regard rieur sur ce qui ne dure pas. Comme les enfants sautant de joie devant la mer qui gruge peu à peu le château de sable qu'il ont mis tant d'ardeur à construire. Mais il lui semble que le sens devrait avoir des accents d'éternité.

Il y a des nœuds dans sa manière de comprendre le désir. Elle aboutit toujours à une impasse et recommence alors les mêmes gains et les mêmes pertes, les mêmes sauts et les mêmes retenues. Chaque fois l'élan est refréné par des étranglements de raisonnements qu'elle ne parvient pas à dénouer.

Petra ne sait plus ce qu'on attend d'elle.

Elle ne sent aucune audace, aucun désemparement qui pourrait la faire se lever et se diriger vers la porte entrouverte.

Sa salive ne mouille plus, ses seins touchent le bois rugueux de la table. Aucun contact ne parvient à la réchauffer.

Il ne ne lui reste plus qu'à ouvrir les yeux et regarder ce qu'elle n'a jamais voulu voir et qui la reposerait peut-être de tout ce qu'elle a imaginé au fil des jours et des nuits, tournant dans sa tête des images de sang et de bêtes enfourchées dans une danse de matador au soleil brûlant de l'Andalousie, un pays qu'elle a toujours craint de visiter.

Images rabrouées, déchiquetées, mangées aux quatre coins, ravalées en petites boules de haine.

Images malhabiles, mal apprises, mal ordonnées, comme si tout cela ne la concernait pas, comme si elle voyait tout du bout de la lorgnette.

Petra écoute les cris des éperviers et des proies qui se tiennent toute proche, au milieu d'un paysage nocturne avec des flèches et des cornes de bêtes écorchées, des cris entendus dans des salons cauchemardesques où le velours des draperies est trempé d'alcool bon marché.

Cette fois, malgré sa peur de céder au délire, elle part bel et bien à la dérive, traçant une longue déchirure dans l'indéfini de son existence.

Quelque chose vient de se fendre au dedans. Petra écoute son cœur battre, elle l'entend se plaindre comme un ruisseau qu'une trop grande décharge contraint à se gonfler jusqu'à en étouffer presque.

Petra brûle d'un mal qu'elle ne connaît pas encore.

Enfin, sa vie bascule.

SONIA

Sonia s'était tout simplement trompée de néant et avait emprunté par inardvertance de larges avenues éclairées par des néons de paccotille. Des rumeurs circulaient à l'effet que la ville laissait entrer dans son enceinte des oiseaux de toutes espèces. Des mouettes en plein vol criaient des obscénités qui faisaient rire les passants. On les entendait se débattre dans le creux d'une nuit qui ne faisait plus peur à personne.

Sonia ne songeait ni à se volatiliser, ni à se perdre, mais à défaut de fuir, elle se laissait fondre dans la fiction des pâles tendresses.

Contre la paroi osseuse de son corps endormi, au beau milieu du rêve, collé à elle, chacun venait se frapper à d'invisibles refus. Car Sonia craignait le désir et ses multiples viols. Elle ne soufflait mot à personne de la folle cadence des battements de son cœur.

Pourtant l'univers vacillait.

Sonia s'agrippait à son âme et cela la rassurait un peu. Mais derrière les tambours jacassants, montait une longue plainte plus inhumaine que jamais.

Il lui avait fait visiter des territoires anciens, récapituler des leçons apprises et, avec négligence, elle avait imaginé des doutes plus tenaces que les certitudes qu'il lui dictait. Sonia osait à peine remuer, mais elle entendait l'écho des pas monter des galeries souterraines où elle n'avait encore mis les pieds.

« Ratifier des ententes imaginaires qui déplacent les résultats », pensa-t-elle.

Et elle ajouta pour elle-même, car Sonia craignait de perdre devant lui toute assurance : « Ouvrir à soi la force de l'ombre, opérer la transfiguration des repères, créer des transcendances muettes qui n'éclaboussent pas les premiers balbutiements. »

« Il faut, se disait-elle, défaire doucement les nœuds qui encombrent les petits écrans de la pensée brouillée. Chercher des points d'appui qui ne soient plus assujettis aux brillantes lueurs du délire calculateur. »

Il y avait beaucoup à faire pour que l'ombre de la mort n'assombrisse plus la vie de Sonia.

Elle décida de se rendre là où ne l'attendait plus aucune urgence, aucun désespoir, aucune persévérance. Elle quitta la ville et son néant sans appel.

La solitude pénétra toutes les failles de son corps blessé.

Elle rampait. À ras-le-sol, pour bien voir ce qui jusqu'ici avait trahi la source de son inspiration ; elle se déplaçait, ventre plat, sur un territoire fait de silences et d'odeurs.

Tout en elle se mouvait dans la science intérieure de la crainte et du tremblement.

Elle vomit.

On la vit se corrompre petit à petit jusqu'à n'être plus qu'une minuscule larve verdâtre. On la laissa tranquille. L'odeur de la mort la pénétrait. Ca et là des lambeaux de peau devenus inutiles, accrochés aux ramilles des arbrisseaux. Son passage fut à peine marqué par quelques taches rougeâtres. Chacun s'éloigna sans hâte, elle n'était plus d'aucune menace.

Derrière, la route se repliait, reprenant sa forme origi-
nelle.

Un léger froissement de vie reprenait en elle. L'air était
d'une autre couleur.

Sonia respira.

Son corps frémit. Elle entendait maintenant le doux mur-
mure du néant.

FABIENNE

Fabienne-la-folle pavoise et se prend pour une autre et les cris qu'elle émet la font frissonner. Il fuse de partout des douleurs inutiles qui l'ensevelissent dans son berceau d'enfant obéissante.

Seule au milieu du désir de ses pères, Fabienne se fige en une posture de séduction. Des bras la sollicitent, des regards la convoitent, des mains s'agitent sur son corps endormi. Les jujubes jouets de l'enfance malsaine, les mots rouge et or englués qui s'écrasent sur des murs couverts de papiers-mouches. Tout sert à déjouer les funestes appétits de ses pères. Mais ils se travestissent en fakirs intouchables et la percée de leur regard blesse la folle de part en part.

Aucun ventriloque pour doubler ses plaintes. Fabienne entend sa propre voix comme un écho à celle de l'enfance qui circule dans le noir insolite des viols successifs.

Trouée de toute part, la folle ne tressaille pas, ne rougit pas, ne montre aucun déplacement de ses atomes. Droite et hautaine, elle observe tout simplement ce qui en elle est déjà souillé.

Il n'y a plus d'armature à la tête de son lit, le duvet ne suffit plus à réchauffer sa peur. Des tarentules viennent et se fraient un chemin parmi les détritus.

Les silences se répercutent sur les murs blancs d'un pays où toutes les frontières ont des oreilles.

La folle pavoise et personne ne la reconnait sous son déguisement de reine.

Fabienne décline toute responsabilité : des pères se sont montrés le bout du nez, c'est tout. Il y a malheureusement du désordre, mais rien de tout cela ne la concerne, croit-elle. Elle sait pourtant que la lanterne magique s'est éteinte et qu'il est impossible, depuis, de la ranimer seule.

De temps à autre la lumière, fragmentée en mille petits carrés de sucre amer, se creuse un passage parmi les décombres.

Mais les sentiments se durcissent à mesure que Fabienne les utilise.

La longue tradition des trahisons remplie tout l'espace. Des voix lui garantissent des apprentissages plus faciles pour la fin de la saison. Elle doute toutefois que la mort soit plus douce à apprivoiser que la vie.

Pour l'instant, des filaments de salive emplissent sa bouche et l'empêchent de dire les choses salutaires à sa survie. Dans la honte et la colère, le souffle manque et les mots se cramponnent à la froide magie des hallucinations.

Fabienne se plie encore et toujours à des commandements d'autorités étrangères.

Pourtant il approche ce temps où les mots seront siens, où la pensée se fera autonome et sauvage, où les autres ne seront plus des ennemis ou des gardes-du-corps mais des danseurs extravagants qui la pousseront dans l'espace habité et se précipiteront à sa suite. Les sautillements feront place à des pas de danse rythmés à même les tendresses.

Fabienne se tiendra alors en équilibre sur l'air de la Madelon, sans guerre, ni bataillon.

VANESSA

Dans la fiction des amours filiales on ne peut aller plus loin que la haine. Au-delà il y a le blanc, le triste blanc d'un canevas nu. Aucun trait, aucune couleur, que la texture franche. La parfaite géométrie des fils entrecroisés frappe quand on la regarde, mais la main reste inerte et la voix se tait devant l'oppression de la toile blanche.

Entre Vanessa et Lukas, ce canevas vide, ce silence humide et pénétrant comme la caresse d'un désir froid.

Ils se sont jadis nourris des rires et des chatouillements qui ont eu lieu dans la chambre à coucher de leur enfance, petit paradis perdu au milieu d'un désert sombre. Vanessa se souvient d'un jeune enfant qui la caressait et mordait son mamelon naissant. Jeux d'enfants sans pudeur qu'elle garde secrets.

Aujourd'hui, ils se retrouvent muselés au fond d'une pièce sans issue.

La haine se répand comme la seule tache imposante qui les soumet encore l'un à l'autre.

Immobiles et castrés, ils s'abandonnent tous deux aux bruits distrayants de leur délire. Ils ne crient, ni ne pleurent et refusent de considérer comme une perte ce trop-plein qui a débordé de leur vie. D'autres rires, d'autres cris, d'autres chuchotements les animent. D'autres mains cherchent leurs corps sous les couvertures. Ils habitent d'autres chambres. Et cela les console.

Vanessa tente pourtant de nouvelles fictions qui éparpilleraient les doutes et les malédictions, des tableaux qui dilueraient dans la couleur ce qui a pris toutes ces années à se tisser en blanc. Mais elle n'obtient aucun résultat, sinon le camouflage des nœuds et cela la rend plus fiévreuse encore.

Impuissants et inconsolables, ils abrègent le rythme de leurs respirations, tentent de retenir quelque chose entre leurs mains, quelques traces de désirs éparpillés et finalement abandonnés en cours de route, des restes de ripailles qui ont eu lieu dans un autre monde, au-delà de l'espace et du temps qui leur sont impartis. Mais ils retombent vite dans une sorte de léthargie où ils ne peuvent même plus inventer les mots qui les uniraient encore.

La passion est en fuite, la peur clandestine des amours filiales, les premiers désirs qui se cramponnent à la jupe de maman et au pantalon de papa, les courses folles autour de la table de cuisine, dans le long corridor où les pièces se font face, et ce lit sur lequel on vient se jeter, les corps n'en pouvant plus des spasmes qui les agitent.

Tout cela se tait.

Le souvenir ne suffit plus à raviver l'odeur sucrée des jeux d'antan.

S'impose à nouveau ce lourd canevas blanc de haine entre eux. Car la mort s'infiltre de toutes les façons, dans toutes les absences.

Il fait si froid au milieu de ce silence. La toile blanche est si opaque et l'indicible si désertique.

Alors ils rêvent au jour où, lentement, les doigts s'agiteront et esquisseront un geste définitif, entreprenant le long et ardu travail qui consiste à défaire un à un les fils tissés du canevas blanc.

La parole redeviendra peut-être possible.

Des mots aux couleurs rieuses s'imprimeront peut-être sur la page blanche et fictive des amours filiales.

Vanessa habitera certainement une chambre ouverte où l'air sera à nouveau respirable.

RENATA

Le présent a maintenant pour Renata d'étranges langueurs. Parfois, au milieu d'un travail, le temps d'un coup d'œil du côté des arbres et des pigeons, elle entend un lointain écho. Une sourde mémoire lui fait quitter sa table et s'aventurer au dehors où ses pas tracent dans la neige froide d'invisibles détours.

« La chaleur de son absence me réconforte », se dit Renata, et elle s'enlise ainsi de plus en plus dans de pénibles contradictions.

Elle tente de se maintenir en équilibre, tel un funambule habile et rusé, vivant au milieu des désirs comme dans un champ de marguerites, à la limite du discernable.

Renata n'avait pas imaginé la fonte des rêves si douloureuse.

En fait, elle s'est obstinée trop longtemps à rétrécir les voies pour se permettre de les occuper toutes. C'était là un désir de puissance qu'elle arrive mal à comprendre.

« Aucune décision plus déchirante que ce dépouillement des passions, pense Renata, aucun plaisir plus cruel que cette légèreté due à la perte de ce qui jusqu'à maintenant avait occupé tout l'espace et le temps. On s'agite et on se méprend sur ce qui nous habite encore. On installe des certitudes pour n'avoir pas à contrecarrer l'essentiel de ses secrets. Mais il y a des morts dans les encoignures des portes. Des traces que l'on ne reconnaît pas comme siennes. Des cris que l'on fait taire parce qu'on ne leur trouve plus aucun écho. Les désirs s'immobilisent dans des enceintes impénétrables. »

Le deuil était lent à faire et les outrages au plaisir, nombreux.

Tout était en elle si étrangement mouvant.

Renata articulait difficilement le nom des choses. Étendue sur son lit à regarder le mobile de mouettes en porcelaine, elle considérait leur vol mesuré comme le résultat d'un véritable élan.

Solitaire, Renata ne parvenait pas à cerner ce qui aurait pu constituer le centre de ses déplacements. Il lui avait suffi de mêler les entrées et les sorties, et voilà qu'elle ne savait plus dans quelle direction se trouvait le chemin qu'elle avait entrepris.

À tout instant des arrêts et des remises en question la ralentissaient dans son parcours. Renata manigançait toujours des détours et des souvenirs de dernière heure.

Parfois, au-delà des apparences de sérénité, elle tombait dans une profonde mélancolie et s'en grisait jusqu'à perdre la mesure. Elle affichait des airs hautains chaque fois qu'elle était submergée par la présence des vides.

Je l'ai déjà vu s'égarer au cœur d'une mer en furie puis revenir à la surface sans que rien ne trahisse son émoi.

Renata écrivait sur une feuille :

« La vie est occupée par d'autres soucis, d'autres grimaces, d'autres cris que les miens.

La vie me laisse moisir au fond d'une garde-robe encombrée de vêtements usés, des souliers anciens, des jupes larges à pois, des blouses de dentelles qui ne conviennent plus.

La vie se livre à des itinéraires rocambolesques, traçant tous les contours des choses, cherchant à me perdre dans des sentiers obscurs.

La vie s'injecte parfois des seringues de morphine afin de ne rien sentir de la détresse de ceux qu'elle touche ».

Elle écrivait encore ceci : « Au milieu de la page de vie, un mot douteux, liquide, s'étale et impose silence à tout ce qui suit. Un verbe haut, mimé, crié, déverse son sens. Il dérange et on le chasse, mais il revient sans qu'on y prenne garde et peu à peu on l'apprivoise. Car il n'y a pas d'autres moyens de conjurer la mort ».

BÉATRICE

La folle envie de se résumer en quelques lignes lui est venue à la suite du grand cataclysme qui a ravagé toutes ses plate-bandes : Joshua l'a quittée !

Béatrice a pâli, puis s'est tu.

Il était inévitable qu'elle ne sache plus devenir ce qu'elle était tout au fond de son être. Le désir est si malhabile dans sa façon de conduire les destinées.

La tâche n'était pas facile. Elle chercha comment ramener les écarts à la ligne d'arrivée. Le discernement des vides et des pleins faisait aussi partie de son projet. Puis, elle dut peu à peu perdre ses lieux de repos et décider d'emménager là où la menait l'invention de ses itinéraires.

Béatrice avait d'ailleurs pris l'habitude d'outrepasser les bornes qu'elle s'était fixées et d'élargir toujours plus les périmètres. Mais il lui fallait maintenant déplacer en outre ses sources de ravitaillements.

Apprivoiser le vide lui apparût aussitôt une tâche primordiale. Dans l'économie de la lutte que le départ de Joshua avait entraînée, la vacuité lui semblait une menace qui ne tolérerait aucun compromis. Elle décida de l'affronter de plein fouet sans lui laisser la chance de se faufiler sous les arcades de sa jouissance.

Béatrice décida qu'il n'y avait plus de temps à perdre pour les marches indolentes parmi les guillotines rouillées qui jonchaient encore le sol de son adolescence perdue. Il lui fallait faire taire à tout prix les derniers hoquets des corps à moitié morts. Il fallait contourner pour l'instant toute la panoplie des beaux sentiments et ne plus s'en tenir à de petites métamorphoses de bon aloi.

Mais outrepasser la mort ne va pas de soi, aussi les ennemis se multiplièrent-ils.

Mais Béatrice avait beau se départir de tous les réseaux mensongers de la fausse fraternité, les hommes déployaient leurs longues tentacules et l'enserraient invariablement comme si elle était leur proie. À les entendre parler de réussites calculées, et de plans de bataille, les mystères en elle se dissipaient et la clarté du non-sens lui apparaissait.

Des mots inconnus commençaient à remplir le vide.

« Rentrer en soi, se dit-elle alors, augmenter l'impact des infidélités de Joshua et de ses épouvantes, ausculter chaque orifice, bien faire gicler le sang qui ne cherche qu'à se répandre. Que j'en finisse enfin avec la bête frileuse qui habite ma maison ! »

ÉLISABETH

Depuis trois mois, Élisabeth a fourragé dans les décombres de sa petite vie bourgeoise et clandestine, et entamé les couches de silence qui retenaient solidement les parois de son âme.

Elle n'a rien trouvé de resplendissant : quelques coquilles vides, ici et là des alouettes tombées en plein vol. Quelques victimes : celles là mêmes qui auraient voulu n'être atteintes d'aucun mal. Ni tombeau, ni cadavre, que des vivants empêtrés dans des suaires de soie dernier cri taillés à même la peau.

Élisabeth avait cru aller visiter des champs de bataille, mais ce sont des jardins dévastés par des pantins ridicules qui lui sont apparus. Ils réservaient les pavillons de santé à des clowns de haute mondanité. Elle vit là-bas un accidenté se démettant de ses fonctions. Il s'était fracturé les os de la maturité et entendait bien pourchasser les coupables. Ailleurs, des bourreaux cherchaient des victimes à égorger et les petits moutons se laissaient mener à l'abattoir en chantonnant des airs frivoles.

Les habitants ne se plaignaient pas. Chacun avait soin d'épargner les susceptibilités et d'amoindrir les paniques. Il s'était établi des règles uniformes, empêchant les uns et les autres de s'évader.

Mais Élisabeth continuait d'entendre des aboiements du cœur dans tous les coins de sa maison. C'était chaque fois des coups et des déchirures, des viols de l'âme qui cherchait néammoins à se tenir la tête haute. C'était des règlements de compte à ne plus finir, des partages indécents de caresses défendues que l'on essayait de cacher aux regards des voisins.

Les plus sensibles se pliaient en quatre sous les tables recouvertes de nourritures indigestes. Ils ne s'habituaient pas à entendre circuler la haine dans les corridors. Certains s'évertuaient à faire voler des mouches dans un ciel destiné à des bêtes mythiques; d'autres jouaient à la marelle sur des trottoirs souillés.

Parfois, entre deux portes, dans les refuges secrets de la chambre, un geste d'amour succédait aux actes de terrorisme, mais il était si savamment calculé, si volontairement impromptu qu'il laissait un goût de désespoir entre les os.

Élisabeth faisait tout pour que les bouches d'air se multiplient, car elle allait bientôt éclater dans cet enchevêtrement de creux et de bosses difformes.

Pourtant, il n'y a pas si longtemps, il y avait de la lumière au-dessus d'elle et un ange accompagnait sa marche.

ÉPILOGUE

Tout effet de rupture presqu'oublié, elles marchent plus légères quoique plus incertaines et cherchent à survivre dans le déplacement des pôles.

Je les entends souvent dire : «C'est un grand monstre que cette peur dressée sur son séant. À cause d'elle, on peut faire les pires bêtises, à cause d'elle, on peut se rapetisser au point de se confondre avec les fibres d'un tapis ou le grain du bois franc d'un plancher bien ciré. Quand la peur se montre, il vaut mieux se taire, évaluer les destinées de chacun et ne pas se corrompre à voisiner les échantillons du pouvoir clandestin. »

Mais une bienfaisante paix s'installe et occupe tout doucement l'espace.

Les blessures se taisent.

Les champignons malveillants cessent de pousser. Elles ont transmué les centres de pollution, très lentement, afin que rien ne soit mis au compte de la rébellion enfantine.

Les balbutiements régressent jusqu'au silence intrépide d'avant la parole.

Parfois, elles s'agitent encore, car elles reconnaissent avoir oublié en cours de route certains apprivoisements qui leur seraient maintenant fort utiles.

Mais à travers l'œil d'une porte très ancienne, elles aperçoivent le tendre vert d'un printemps nouveau.

L'univers saccagé, en elles, lentement se reconstruit.

LA CHAMBRE VOISINE

L'image de cette vieille femme en agonie sur un lit à peine plus grand que son corps, vue dans l'entre-porte d'une chambre d'hôtel à Fiesole, ne me quittait pas.

Le soleil brillait au dehors et ma tête était lourde de fièvre.

Dans la chambre voisine, Tarek venait de baiser mes seins. J'étais encore toute tremblante. J'avais exprès enlevé mon soutien-gorge. Je voulais qu'il me touche non plus du bout des doigts mais à pleines mains car ses mains me rappelaient celles de Maria qui avait dépassé la cinquantaine et que j'étais venue revoir à Fiesole.

Cette vieille femme pouvait-elle être Maria qui m'avait donné rendez-vous dans cette ville, ne me disant rien de son état de santé ? Il m'était difficile de l'imaginer sur un lit, s'attardant encore à vivre et ne voulant pas mourir devant ses trois enfants que j'avais eu le temps d'apercevoir et qui m'avaient semblé trois vautours assis autour d'un cercueil de drap blanc.

Je n'arrivais pas à me la représenter ainsi, elle que j'avais tant aimée en montagne alors que nous voulions dans un rêve fou traverser les Alpes et nous rendre en Italie.

Tout cela m'était venu très vite à la pensée alors que j'étais devant la porte entrouverte de la chambre 201 de l'Hôtel Catarina à Fiesole d'où un prêtre venait de sortir. J'aurais pu l'interroger sur l'identité de cette femme mais l'italien ne m'était pas encore assez familier et je ne pouvais me résoudre à ne demander que son nom. En bas à la réception, personne n'avait entendu parler de Maria mais je me méfiais toujours de ce qu'elle pouvait inventer pour passer inaperçue.

Ce matin-là dans la chambre, Tarek m'avait dit qu'il n'osait aller plus loin, qu'une certaine peur le retenait et aussi un désir de faire durer longtemps le plaisir de me découvrir.
Nous nous connaissions depuis quelques heures seulement. Il avait pris lui aussi le train pour Florence. Il était à peine entré dans le compartiment où je me trouvais que je sentis sur moi son regard. Je le laissai prendre place sur la banquette, en face, et retirai mes jambes que j'avais allongées. Je levai les yeux jusqu'à sa main. Elle était brune avec de longs doigts effilés. Elle était posée sur un livre qu'il n'avait pas encore ouvert. Je sentis au mouvement qu'il fit pour la déplacer qu'il me regardait et cherchait à me cacher le titre du bouquin; par gaminerie peut-être ou pour susciter chez moi le désir de lever plus haut mon regard. Je lui souris d'abord et, ensuite seulement, je dressai la tête d'un seul geste. Mais il avait eu le temps de détourner la sienne vers la fenêtre. Il observait mon reflet dans la vitre. Nous savions l'un et l'autre que nous ne pouvions plus échapper à cette première caresse. Nous avons tous les deux fermé les yeux.

C'est en pénétrant dans la grande salle de la Rosenlauïhütte que j'avais aperçu Maria pour la première fois, assise à une table de bois, son regard posé sur le jeune homme qui enlevait ses chandails trempés de sueur à quelques pas devant elle. Il avait les muscles fermes de celui qui est né en montagne. J'appris par la suite qu'il venait de Lungern. Je ne savais pas encore que Maria était Italienne. Je m'étonnais qu'elle soit en si grande forme, à cause de toutes ces années qu'elle avait de plus que moi, et de cette longue ascension dans le brouillard.

Les regards de Maria l'Italienne m'enivraient alors. Elle et moi parlions très tard la nuit dans les abris de montagne. Le lendemain nous étions trop fatiguées pour nous lever tôt et partir avec la cordée la plus matinale. Nous nous joignions alors au second groupe où il y avait cet homme jeune que Maria ne cessait d'observer. Elle m'a dit un jour qu'il ressemblait à son fils aîné et qu'elle s'émerveillait de voir la mécanique des muscles de son corps.

En montagne, Maria mettait ses pas les uns à la suite des autres avec une certitude troublante. C'est ce qui me faisait fondre devant elle. J'aurais pu me mettre à genoux et baiser les traces qu'elle laissait, mais je me contentais de la suivre sans résistance aucune, avec tout le débordement de mon amour. Elle ne m'avait jamais dit que j'étais trop obéissante mais je sentais parfois une sorte d'impatience dans son corps lorsque je perdais pied exactement là où elle avait trébuché quelques instants plus tôt. Il lui suffisait de lever le doigt vers des escarpements dangereux pour qu'aussitôt mon désir pour elle s'exprime en actes remplis de soumission. Certains sommets m'effrayaient mais la majesté de Maria se dessinant à contre-jour au-dessus de ma tête suffisait pour que j'entreprenne les montées les plus ardues. Je m'agrippais alors aux minuscules failles de la paroi rocheuse et dans un corps-à-corps troublant et inquiet, je me hissais de mètre en mètre. J'atteignais alors des vertiges innommables et des frissons de peur parcouraient mes cuisses et mes hanches. Elle riait de me voir si fragile.

Rampante et fumante comme une bête, je me torturais l'esprit en pensant combien il lui serait facile de me tendre la main et de m'aider dans ma course. Mais je me butais à son indifférence et grimpais seule le dernier mètre. J'arrivais jusqu'à elle dans un état de totale démence. Elle s'évertuait parfois à faire durer mon supplice et s'éloignait à mesure que je tentais de me rapprocher. J'imaginais alors des tortures effroyables que je lui infligeais et je baissais la tête de honte en subissant en silence sa douce ironie.

Tarek m'avait invitée à partager sa table au wagon-restaurant. J'aurais aimé pouvoir lui refuser mais j'en étais incapable tant la couleur de son regard m'absorbait. Je le précédai dans l'étroit corridor qui menait à la tête du train. La machine filait à toute allure et nous devions nous tenir à la barre pour éviter d'être projetés l'un sur l'autre. C'était pourtant ce que nous désirions le plus mais nous sentions que seules les convenances devaient dicter notre conduite. Il y eût même ce long tunnel où je sentis son souffle près de mon oreille. Je me rappelai aussitôt la précipitation de Maria lorsque je descendais de l'avion et que nous réussissions à nous glisser dans sa voiture loin des regards indiscrets. La chaleur montait de mes cuisses vers le ventre où le désir se concentre toujours. Elle me voyait tressaillir. Je ne pouvais lui cacher la passion qu'elle faisait naître en moi.

À la table, Tarek n'arrivait pas à manger quoi que ce soit. Il buvait un vin capiteux tout en me parlant de sa provenance, de cette terre où on avait transplanté des ceps importés d'ailleurs. Il me parlait de sa robe et de son bouquet comme ceux d'une jeune mariée qu'il aurait davantage aimée parce qu'elle n'était pas sienne. Il me confia comme un secret le fait qu'il avait vécu en plusieurs pays mais que c'était la première fois qu'il venait en Italie. Il disait être né dans une contrée sauvage où les hommes portaient encore le sabre et galopaient dans des steppes sans fin. Les chevaux étaient des bêtes superbes que l'on hésitait à tuer même quand elles appartenaient à l'ennemi. Certaines femmes de là-bas les montaient et c'était toujours un spectacle pour les hommes.

Je pensai alors que cette élégance chaude que j'aimais en lui était l'apanage de tous les gens de sa race, femmes et hommes, et j'en ressentis un plaisir vif et palpable qu'il saisit tout de suite. C'est à ce moment qu'il me demanda ce que j'étais venu faire à Florence. Je lui parlai de Maria.

Elle m'avait faite de la même étoffe qu'elle. Ce que je cachais dans les fibres profondes de ma pensée lui était révélé en un instant. Elle échappait ainsi à toutes les éclaboussures de mes trahisons, les prévoyant et les dénonçant avant même qu'elles se réalisent. Impossible de me dérober à elle et de conserver secrète la moindre parcelle de vie intime. J'étais son enfant, sa fille, sa chose. Elle m'amenait avec elle sur des sentiers tortueux, sans imaginer que je puisse désirer autre chose que ce qu'elle voulait pour moi.

Nous nous abreuvions parfois à des sources douteuses. Elle éprouvait des lassitudes, je ressentais de la nostalgie. Nous devenions l'une pour l'autre une menace insupportable. Il était nécessaire alors de quitter la montagne et d'aller quelque temps vivre dans la cité anonyme où les passions se désarticulent. Les rues éclairées par les lumières artificielles nous apparaissaient magiques. Nous goûtions surtout les vitrines surchargées d'objets que nous disions clandestins et à propos desquels nous inventions de longues histoires qui occupaient nos pensées et nos rêves. Maria était débordante d'imagination et je lui en voulais pour cela. Nous nous querellions. Elle criait, je pleurais. Et cela se poursuivait jusqu'à ce qu'elle me prenne dans ses bras, me berce et me console.

Tarek demeurait impassible en m'écoutant. Il ne broncha pas davantage lorsque je lui dis que je n'avais pas revu Maria depuis trente ans. Il me laissa parler jusqu'à ce que le train arrive à la gare de Florence où nous sommes descendus ensemble. Un car nous conduisit à Fiesole où nous avions tous les deux réservé une chambre à l'Hôtel Catarina.

Ce matin-là Tarek avait senti naître en lui l'ombre de la jalousie. Je ne lui avais pas tout dit de Maria mais il craignait que la longue passion qui avait été mienne surgisse à nouveau et me fasse le quitter. Je n'y avais guère songé entre le moment où j'avais reçu le télégramme de Maria et celui où je me retrouvais à Fiesole, dans cette chambre adjacente à une autre où une vieille Italienne était en train de mourir.

Tarek se taisait désespérément.

Je sentais l'effort qu'il faisait pour prononcer ces quelques mots concernant un sentiment qui avait si peu sa place entre nous. Il me regarda d'un œil triste qui me glaça aussitôt. C'était ce même regard que Maria m'avait jeté lorsque je l'avais quittée il y a quelques années, sachant très bien qu'il serait difficile, peut-être même impossible de nous revoir. C'est ce regard de Tarek qui me fit sortir de la pièce. Je me suis retrouvée dans ce long corridor où la porte de la chambre voisine était entrouverte.

Je ne finirai jamais d'évoquer Maria. La ressemblance frappante avec cette vieille femme sur son lit de mort, aperçue dans l'entrebaillement de la porte de la chambre 201 à l'hôtel Catarina à Fiesole, me fit un grand choc. Ses bras étaient devenus deux minces tiges de chair et d'os posées de chaque côté d'un corps qui ne leur appartenait plus. Elle avait conçu trois enfants et semblait les avoir auscultés toute sa vie durant, à petits coups de sonde pour bien sentir chaque fois qu'ils étaient faits de la même peau qu'elle, offrant la même résistance. Elle les maintenait aujourd'hui dans la peur de son agonie. Assis tous les trois sur des chaises droites, ils attendaient, inquiets de la voir ainsi durer, incapables de déchiffrer ce qui restait de traces de vie.

Toute cette chair de sa chair semblait lui donner la nausée.

Je les regardais. La fille se leva. La mère vit dessous les plis de la jupe, des cuisses devenues grosses avec l'âge, les veines gonflées d'illusions refroidies, des cuisses violentes dégageant des odeurs de colères ramassées en petits tas dans une gaine toute moite, des cuisses qu'elle ne pouvait imaginer collées à d'autres. «Une fille sans chaleur», pensa certainement la mère.

Loin de la fille, l'aîné était assis aux pieds de la mourante, les doigts s'agitant sur son pantalon, les traits fermés, le mépris au coin de la lèvre. Rapiécé de toutes parts, il s'épouvantait comme un oiseau affolé. La mère le regardait se débattre avec sa mort. L'œil fou, il songeait à l'inconvenance de cette agonie. «Ça dure trop», dit-il. Le plus jeune redressa la tête, timide, cerveau éteint, il la vit, elle, la mère, trônant sur son lit de mort. Un rayon de soleil effleura sa nuque. Il la fixa, son regard s'embrouilla sous l'emprise du sien.

La vieille crispa la bouche, ressentit une douleur au ventre. Sur les lèvres du plus âgé, un étirement, comme un sourire. Elle frissonna. Des spasmes la secouèrent, elle étouffait, la gorge sèche, la bouche entrouverte. L'aîné ne pouvait supporter, il détourna la tête. La fille mouilla ses doigts et les posa sur les lèvres de la mère. La vieille se rappela alors les avoir aimés, très peu, petits, soumis. Ils écrasaient ses mamelons en goûtant son lait trop pauvre. Des sons anciens frappaient le tympan de la femme. Elle voulut porter les mains à ses oreilles. La fille vit le geste amorcé, se pencha vers le visage ridé. Elle ne perçut qu'un rire déraillé en travers de la gorge. Elle s'excusa de son audace, se rassit. L'aîné haussa les épaules, il ne savait que faire des derniers gestes. Il remarqua la dentelle du soutien-gorge sous l'uniforme transparent de l'infirmière. Le plus jeune réprima un bâillement. «La vieille s'éternise», dit l'aîné. «Elle ne veut pas mourir devant nous,» dit la fille.

La vieille ne broncha plus. Son esprit s'égarait dans l'unique pièce de la rue Boticelli où elle s'était bercée interminablement, un chapeau de paille décoloré sur la tête. Le plancher craquait. Des enfants passaient qui l'appelaient sorcière. Un détail lui revint en tête. Un homme est assis en face d'elle, il la regarde. Une tête de femme est sculptée dans le bois du fauteuil où il glisse sa main. Ses doigts caressent le front, les joues, les lèvres de la tête figée. Il la regarde, elle baisse les yeux mais une chaleur en elle la surprend. Elle rougit. Il se lève, veut partir. Elle entend qu'il est troublé. Il se tient debout dans l'embrasure de la porte. Elle a mis sa robe verte à cause de ses yeux pers. Il parle des petites fleurs blanches finement brodées. Leurs désirs s'accordent. Ils poussent de petits cris.

La mère, en agonie souriait. «Elle rit de nous», dit l'aîné. «Laisse-la tranquille», dit la fille, qui songeait à la vie irrémédiablement perdue de sa mère.

Je me suis promenée longtemps seule dans les rues désertes de Fiesole. Le soir avait surgi et je voyais au loin des feux qui scintillaient. Je pensais à une fête. En m'approchant, je n'ai vu que des pierres froides et des monuments de marbre sur lesquels on avait déposé de petites lanternes allumées. Quelqu'un fermait la grille du cimetière. Je me suis rappelé le brouillard en montagne et les cris des premiers de cordée qui cherchaient à se repérer. Maria venait de mourir, ensevelie sous la neige.

Je retournai à l'hôtel. Tarek n'avait pas quitté la chambre. Les fenêtres étaient grandes ouvertes et on entendait au loin une voix de femme qui chantait. Je croyais y reconnaître l'air de la Marguerite de Berlioz dans la Damnation de Faust. Il était assis dans le noir. Il se leva et me tendit la main. Je la posai doucement sur ma joue. Elle était brûlante et sincère.

Maria ne m'avait pas habituée à si peu de mensonges. Tarek avait le temps devant lui comme tous ceux de sa race. Il ne voulait aucunement troubler mon deuil. Il préférait que la vie reprenne d'elle-même, que nos corps se reconnaissent et jouissent du désir qui les habitait. Je m'assis à ses pieds mais il me releva et m'amena voir à la fenêtre les myriades d'étoiles qui brillaient.

Je ne sais plus combien de temps nous sommes restés là à nous émerveiller. Il était debout derrière moi, collé à mon dos et son bras entourait ma poitrine. Je sentais les battements de son cœur sous la chemise ample qu'il portait. Nous échangions à peine quelques mots. La femme ne chantait plus.

Un silence de ville régnait dans les rues de Fiesole. La cour intérieure était déserte.

Il n'y avait plus aucune lumière dans la chambre voisine.

Nous étions seuls lui et moi devant l'immensité du ciel et la terre sous nos pieds n'avait plus de consistance. Il nous était difficile d'imaginer des dieux capricieux qui auraient détourné le cours des choses. Nous savions l'un et l'autre que bientôt nos corps ne se déroberaient plus.

SAISON FROIDE

Saison froide, réfrigérée, congelée. Il est étonnant d'y voir encore pousser des sentiments.

Ce matin, quelque chose en moi fait la morte. J'ai le mal du gouffre comme on dit le mal du pays. Mon cerveau est déchiré, déchiqueté. Je suis un clown sur la place publique sans costume, ni maquillage. J'enfreins des lois inconnues, on me soumet à la torture.

Je n'ai presque plus de tête et pourtant ce n'est pas là que je suis malade, c'est ailleurs, là où personne n'a jamais songé à me soigner.

Comme j'aurais voulu que leur façon de m'aimer ne me fasse point sombrer.

J'ai de la fièvre. Tu es venue, tu as mis ta main sur mon front, j'ai senti le feu entrer dans ma tête. Comment était-ce cette fois-ci? Y avait-il des mots répétés, plus grands les uns que les autres, des mots durs? Était-ce simplement des impressions de mots que j'entendais? On aurait dit que tous étaient dans ma chambre, qu'ils parlaient de moi et des choses tenues secrètes sur moi, comme le fait que je suis cruelle, qu'il y a un petit oiseau que j'ai ramené mort dans la pièce. Les oiseaux s'envolent si on ne les tue pas, c'est bien connu.

Après chaque visite que tu me fais, je rêve de retourner là-bas avec toi. Parfois pourtant je pense que je suis bien ici dans ce lieu blanc et propre où je peux vivre sans m'occuper de la vie.

J'aime vivre dans les recoins et les replis de mon être sans frontières et sans limites. C'est ma façon à moi de ne pas me sentir totalement engluée dans la matière.

Le temps s'allonge, se retrécit, se récupère. Pas toujours. Il se perd à jamais parfois. Tout revient mais tout peut aussi se perdre et rien ne revient tel qu'il aurait été dans son temps et son espace propres.

Il y a en moi une terre jonchée d'idoles brisées.

Une toupie tourne, tourne, inexorablement sans jamais s'arrêter. Ils disent que je n'en finis plus de les faire rire. Ils me gardent pour le jeu. Je leur sers de divertissement.

La réalité est quelque chose d'effrayant quand on y pense. Mais très peu s'y arrêtent.

Il n'y a que la pression de tes doigts sur ma nuque qui ravive mon être.

Je trouve en moi des mailles qui glissent et se perdent. La direction n'est pas tracée à l'avance. Des supercheries sillonnent les haut-plateaux alors qu'en bas on souffre d'orgies de rêves et de sépultures mal faites.

Les murs se rétrécissent, les pensées me désertent, les signes se multiplient.

Il suffirait d'un peu de rouge pour que la vie reprenne, mais le gris nous va très bien.

Que tu sois ici ou ailleurs je te parle toujours. Il est facile de te raconter ce qui se passe derrière les grandes vitres où je mets mon visage entre les barreaux. Je me dis que la mort n'est pas si difficile et que j'aimerais bien dormir et avoir des petites bêtes qui marchent sur mon corps comme tu faisais avec tes doigts, et que plus personne ne fait depuis que tu es partie.

Certains disent que la folie m'égare. Mais c'est toute autre chose qui me distrait de la vie.

Il ne fallait pas vouloir aller jusqu'au bout. Les gens qui ne sont pas fous suivent toujours des chemins très courts.

À chaque matin mettre en branle l'organisme. Attendre. Respirer. Il me faut aller chercher très loin le souffle qui s'est logé dans les petits replis du corps.

Je n'entends que la voix des autres. La mienne se perd dans un brouillard comme celui qu'il y a derrière la fenêtre de ma chambre.

Il n'y a pas à dire les choses ne sont pas faciles. On les croit tenir encore longtemps puis elles nous lâchent. Elles nous dépassent et on n'a pas le temps de les rattraper. Même si ici on a trop de temps pour tout.

La peur ne m'effraie pas. Ce n'est pas cela qui me fait peur. J'aime sentir mes mains qui tremblent, mes lèvres qui ne bougent plus et ma tête où il y a des bruits et des chocs violents.

Quelqu'un quitte, une femme passe, des yeux regardent. L'ouest est en feu, il y a partout des inondations de sang, des rigoles, des rigolades. Des trapézistes s'amusent, des pantins se démembrent, les marionnettes portent leur tête en bas.

Il me suffit d'imaginer des barrières pour que tout saute violemment, que les barils de poudre explosent et que les détonations s'entendent de partout.

J'envie ceux qui parlent comme des mitraillettes et crachent le sang. Mes mots sont pâles à côté de ceux que j'entends en dedans et que je n'ose prononcer. Je voudrais des mots délinquants, une parole tonitruante. Quand vais-je enfin risquer de me perdre pour me retrouver nue au beau milieu du chemin ? Tant de retenues et de parfaites maîtrises et des cris toujours tus qui me raclent la gorge. Je m'étouffe peu à peu en silence et personne n'y prend garde.

Les gens d'ici disent qu'ils n'ont pas peur dans le noir. Mais ils le disent trop vite sans avoir connu la peur. Il faut d'abord avoir eu peur de la nuit noire si l'on veut dire que cette peur nous a quitté.

Ma vie se développe en sous-bois. Elle se fait des racines à l'abri des coups mortels.

Ils sont tristes. Ils me répètent toujours les mêmes mots. Toujours, toujours les mêmes bruits, partout c'est toujours les mêmes cris que l'on entend.

Sans toi, ici est sans écho.

Les fous ne sont pas bien hauts, ils se laissent facilement rapetisser. J'en ai déjà vus des minuscules qui rampaient. Mais si tu les regardes du coin de l'œil sans qu'ils s'en aperçoivent, tu vois leur vraie grandeur.

Les gens me disent d'oublier, de ne pas vivre du passé, de couper au plus ras avec tout ce qui a pris racine en moi. Mais que me resterait-il? Il est vrai que je me retrouve encombrée de toutes sortes de désirs, de pensées, de mots qui ne sont pas les miens. Je manque d'être définie.

Mais comment discerner l'essentiel et l'accessoire?

Une immense fatigue, un débalancement d'atomes, un vol dans les haut-lieux de la garnison. Quelqu'un s'installe et s'aventure au-delà des limites permises. Quelqu'un dont on soupçonne à peine l'existence envahit tout l'espace. Plus rien ne m'appartient.

Tout a été confisqué depuis des générations de politesses réciproques.

La souricière se déplace, me cherche, me fait traverser un immense désert. Seule, je la laisse venir. Je me mets à la portée de son coup, je l'entends se refermer sur moi, je sens le froid de son métal sur ma nuque. Je gémis, je crie, je résiste. Elle m'affole de désirs de mort. Je voudrais la détraquer par mon rire-froid, mon regard-froid, par l'inconsistance de mes os, la mollesse de ma peau. Je mords à pleine dents dans sa poigne d'acier.

Les choses ne sont pas ce qu'elles sont. À certains moments elles sont tristes, inquiétantes, défendues, à d'autres, elles sont apaisantes, ouvertes, accessibles.

Il y a des tas de « il faut » et de « on doit » qui m'étranglent, me distraient de la route que je veux suivre.

J'ai fait mon credo de toutes les interdictions que l'on m'a prescrites.

Je me retrouve sans corps, pataugeant dans l'inépuisable sans jamais voir les contours qui me permettraient de recréer mes frontières.

Un lac, des espaces blancs, vides, des trous, des gouffres où je peux m'enfoncer quand le sol craque et que le chant des oiseaux se tait.

Les réponses sont à tous et tout le monde en donne mais qui est responsable de la question, de sa formulation ? On me demande encore si j'entends des voix, si j'ai des hallucinations, si je me perds, si je sais mon nom. On ne me demande jamais si ma mère m'a aimée, si son vertige de femme dévorée m'a détruite. Mes réponses les brûleraient vif.

On me laisse une place trop étroite pour la dimension des choses qui m'habitent.

Il faut savoir où mettre la frontière qui nous sépare des autres. Si nous la mettons trop près de notre territoire nous nous emprisonnons nous-mêmes. Notre lieu devient minuscule.

La mort est un mur derrière lequel il ne vient aucun bruit, aucun appel, aucune explication. C'est un silence qui me rassure. Ici personne ne se tait. J'ai dans la tête les cris de chacun.

Il y a des instants qu'on laisse dans l'ombre et d'autres que l'on met au grand jour.

Ou bien tout se passe ailleurs et je vois la vie à travers une vitre transparente, dure et infranchissable, ou bien tout se passe ici où je suis et j'y risque ma peau, car ce qui se passe ici veut peut-être ma mort.

Je suis certaine pourtant que l'ordre est déjà présent dans le chaos. Il suffirait de rentrer en soi et d'aller puiser dans le désordre des questions, la formulation d'autres réponses.

À la frontière un ouragan passe, un vent neigeux. Mes yeux n'arrivent pas à fixer les choses. Tout vacille. Je ne veux plus entendre les anciens échos.

Souvent je pense que mon choix n'a pas été mauvais, que la folie est une façon de se sauver de la limite. Mais il est difficile d'y habiter en permanence. Tous les sens sont possibles, rien ne vient délimiter le choix d'un sens approprié à ce que je suis qui me ferait rassembler dans un certain ordre tous les fragments éparpillés.

Il y a un nuage à l'état libre qui circule en dedans malgré les fenêtres calfeutrées.

Une femme tente désespérément de se frayer un chemin vers ailleurs.

Est-ce un matin comme celui d'aujourd'hui où l'on peut définitivement se perdre. Je ne ressens que le désir de me laisser couler doucement dans la mort.

Je me retrouve en pièces détachées, éparses sur le sol. Des tranches de vie, des fragments de temps en mille morceaux éclatés.

Tu as là-bas un lieu où tu vis mais c'est ici en moi que je t'entends. Je me suis fait un ventre rempli de coussins chauds et de soleils et je m'y blottis chaque fois que dans ma tête ton visage apparaît.

Hier je l'ai vue couchée nue dans le sang qui coulait de ses veines. Elle ne sera jamais plus la boule toute ronde avec laquelle les autres aimaient bien s'amuser.

Le mur d'en face a quatre clous aux angles d'un carré bien droit. Au milieu, une fenêtre, et la tentation d'y apercevoir un autre pays.

L'ÉTERNITÉ ROUGE

Dès l'origine, les espiègleries des dieux ont fait d'insondables ravages.

Les Immortelles n'ont pas le temps de se plaindre de l'éternité, déjà, on les accapare pour des tâches particulières, ingrates, qui consistent à déplacer vers la terre les absolus des espaces célestes.

Loin de se mouvoir sans passion, les Immortelles se surprennent à engendrer des routes audacieuses. Aucun détour ne leur est secret. Elles arpentent et se heurtent, se reprennent et imaginent, et les sons qu'elles entendent les mènent hors de la coupole qu'elles habitent.

Car l'origine n'a point d'odeur, ni d'ombre et son appel est sans fin.

Hélène, la belle Immortelle, arrive ici-bas dans une robe de laine que les dieux ont fendue. Sa bouche n'est plus qu'un immense trou béant d'où s'échappent parfois des relents de syllabes mal digérées, des rots incongrus.

Précoces, habiles, ses gestes contredisent l'acharnement désuet qu'elle met à rééquilibrer son saut dans l'espace. Elle enfreint les lois de la stabilité, invente des poursuites avec des sentinelles de carton-pâte, songe à des dangers hors de portée : l'océan, les fuites, les taches de rousseur.

La belle Immortelle laisse couler des traces gênantes. Elle ne voit pas combien elle trouble la demeure de ses pères.

Assise au milieu du sable chaud, la belle Hélène regarde distraitement la galopade des hommes. On dirait une femme de plâtre, faite de surfaces planes. Elle pense pouvoir laisser sa peau quelque part et y cacher son âme. Mais le camouflage lui sied mal. À regarder ses doigts dans l'ombre pétrir le sable chaud, on voit que sa passion est immense, retenue, peut-être même ignorée d'elle à certains moments.

Trop de mots déstabilisent l'Immortelle qui voulait trouver ici-bas la douce accalmie des lieux de repos. Elle n'aurait pas dû écouter les divagations des épouvantails à ailerons colorés.

Courbature de phrases, d'images. La belle Hélène ne peut s'empêcher de penser et cela ruine son existence. On lui a appris beaucoup de mots, mais des événements, très peu : des enterrements, des mariages, des naissances, à peine.

Partout, des bêtes volantes envahissent sa demeure. Elle songe : l'oiseau n'a que faire de la tragique existence des insectes qui s'approprient son territoire et le détruisent.

Mais penser la laisse frissonnante.

La belle Hélène, blanche mariée en robe givrée, se découvre seule au milieu de la chaussée glissante. Elle toise du regard l'infortuné enfant qu'elle a tenté d'apprivoiser. Pourquoi a-t-elle si délibérément cherché à comprendre l'impossible traversée des grandes eaux ?

Trois hérons blancs planent au-dessus de sa tête. L'audace de leur envol la touche, elle qui rêve de soulever ses pieds de la terre froide.

Où va-t-on ? À la dérive, répondent les humains, et ils prennent les chemins les plus courts, car le souffle leur manque. Plusieurs préfèrent les connaissances claires et les visions étroites à la luminosité et la densité des forêts vierges. Il en aura fallu de peu qu'ils se perdent à jamais, elle et eux, et reviennent trop tard à leur point de départ.

Il y a place pour l'effarement. Pourtant la belle Immortelle ne sait encore que se plaindre et avaler, et devenir méchante des rumeurs qu'elle entend. Elle mène sans ivresse une lutte fastidieuse qui la retient de sombrer trop tôt dans le délire.

Mais la catastrophe est imminente. Cruelle et froide, la belle Hélène s'active et se rend humaine. Des barres oubliées de savon crasseux, des hirondelles mortes, des corps chauds de mainates, de carouges.

Tout la pénètre à l'improviste.

Elle vit des temps qui sentent l'iode. La mer rejette les cadavres des oiseaux morts. Les poissons cherchent à voler. Les vagues elles-mêmes sont à la dérive.

Elle pense : le désir d'éternité brise les ailes à quiconque se meut dans des espaces restreints et gaséifiés.

La belle Hélène navigue dans cet océan malsain, prise à la gorge par des mains inconnues qui lui caressent la nuque autant qu'elles la lui brisent. À chaque coup de rame son cœur se dissout et ses battements résonnent dans tout le corps. Le froid des glaces se liquéfie en elle. Elle se retient de gémir pour ne pas susciter la colère de l'ennemi qui rit de sa peur. On voit déjà les banquises approcher de sa coque.

Puis soudain, elle s'éveille. Le souffle court. Son cœur bat à grands coups. Elle détache le cordon de sa chemise de soie. Tout doucement, elle reprend vie. Par le hublot, elle voit les vagues de l'Atlantique venir caresser les parois du navire.

Elle pense : vouloir à tout prix anéantir la douleur de se perdre et tracer pour les amants des itinéraires joyeux. Il suffit de se couler en douce sur le sable des cercles marins pour que meure l'embryon de détresse qui tentait de surgir.

Heureusement, un prolongement de temps lui est offert pour parachever la forme de ses désirs.

La belle Hélène porte à son cou des pierres précieuses. Sur sa table, des broderies fines. Elle marche nue sur un lit de draps satinés, risque sa peau à chaque mot qu'elle prononce, demeure vide et avide chaque fois que, très pâle, elle n'ose se perdre.

Que de dédales, pense-t-elle, que de désirs sans fin, que de jalousies brèves et multiples qui empêchent de rompre le pain commun. Échapper à l'ébauche, rêver de la pièce polie, finie. L'œuvre sans le maître. L'amour sans l'étourderie de la possession.

Des idées de plaintes naissent en elle, mais le sang ne l'effarouche plus.

Il y a tant et tant de manipulations inédites.

La douceur s'use, la chaleur s'évacue, la perte se dessine là où la lumière a jadis pénétré.

La belle Hélène demeure ainsi, somnolente sur le lit de son amant. Des vagues, petit à petit, viennent et repartent de son corps. Faibles ébauches de sentiments. Elle sourit, entend mal ce qu'il lui dit : se détester puis brusquement s'offrir, aux confins des corps, ouvrir le vase rempli de liquide onctueux, plonger dans des cavernes encore inexplorées.

Vertige. De l'autre côté, une fenêtre moins opaque, une source parfumée qui la tire hors d'elle-même.

Le sang coule sur la pierre. Long tracé de sève rouge.

Elle pense : la fumée des illusions se disperse à mesure que se cultivent des denrées plus rares comme l'infini tendresse de ton amour.

Répertoire des œuvres inachevées. La belle Immortelle regarde les ruines de ses temples démolis, si fièrement échafaudés jadis. Ils éclatent, ces amoncellements de plâtre inébranlables qui depuis tant d'années consolidaient sa toute-puissance. Elle rit de les voir virevoleter au-dessus de sa tête. Que de temps passé à s'être battue. La victoire a maintenant perdu sens. Aucun triomphe n'apparaît dans ces décombres.

Hélène, la belle Immortelle, songe au plaisir de n'avoir pas fui dès le début de l'hécatombe, d'avoir assisté avec toute l'attention de l'âme à cet inévitable branle-bas attendu depuis sa naissance.

Enfin, l'éternité se tient là, devant elle, rouge jusqu'à la racine.

TABLE DES MATIÈRES

Fragments de femmes..11

Prologue...13

    Petra...17
    Sonia...21
    Fabienne..27
    Vanessa..31
    Renata...37
    Béatrice..43
    Élizabeth...47
    Épilogue...51

La chambre voisine...55

Saison froide...67

L'éternité rouge...89

Plusieurs de ces textes ont déjà été publiés dans des revues littéraires, parfois dans une version légèrement différente :

PETRA, dans LA NOUVELLE BARRE DU JOUR, 178, mai 1986, p. 36-39.

SONIA, dans TROIS, 5/1-2, automne 1989, p. 197-98 sous le titre MUTATION.

VANESSA, dans ARCADE, 21, Printemps 1991, p. 46-47 sous le titre SILENCE BLANC.

SAISON FROIDE, dans PREMIERE LIGNE, éd. NBJ, 203-204, sept.-oct. 1987, p.82-95.

L'ÉTERNITÉ ROUGE, dans TROIS, 4/2, hiver 1989, p. 52-54.

LA CHAMBRE VOISINE a gagné le troisième prix du 4e concours de nouvelles de Radio-Canada en 1987 et a été radiodiffusée.

Catalogue des Éditions TROIS

Alonzo, Anne-Marie
    La vitesse du regard, autour de quatre tableaux
    de Louise Robert, essai — fiction, 1990.
    Galia qu'elle nommait amour, 1992.
Alonzo, Anne-Marie et Alain Laframboise
    French Conversation, poésie, collages, 1986.
Alonzo Anne-Marie, Denise Desautels et Raymonde April
    Nous en reparlerons sans doute, poésie, photographies,
    1986.
Antoun, Bernard
    Fragments arbitraires, poésie, 1989.
Bosco, Monique
    Babel-Opéra, poésie, 1989.
    Miserere, poésie, 1991.
Brochu, André
    Les matins nus, le vent, poésie, 1989.
Brossard, Nicole
    La Nuit verte du Parc Labyrinthe, fiction, 1992.
    La Nuit verte du Parc Labyrinthe (français, anglais,
    espagnol), fiction, 1992.
Causse, Michèle
    (——) [parenthèses], fiction, 1987.
    À quelle heure est la levée dans le désert?, théâtre, 1989.
    L'interloquée..., essais, 1991.
    Voyages de la Grande Naine en Androssie, fable, 1993.
Cixous, Hélène
    La bataille d'Arcachon, conte, 1986.
Collectifs
    La passion du jeu, livre-théâtre, ill., 1989.
    Perdre de vue, essais sur la photographie, ill., 1990.

Linked Alive (anglais), poésie, 1990.

Liens (trad. de Linked Alive), poésie, 1990.

Tombeau de René Payant, essais en histoire de l'art, ill., 1991.

Coppens, Patrick

    Lazare, poésie, avec des gravures de Roland Giguère, 1992.

DesRochers, Clémence

    J'haï écrire, monologues et dessins, 1986.

Daoust, Jean-Paul

    Du dandysme, poésie, 1991.

Doyon, Carol

    Les histoires générales de l'art. Quelle histoire!, essai, 1991.

Dugas, Germaine

    germaine dugas chante..., chansons, ill., 1991.

Escomel, Gloria

    Fruit de la Passion, roman, 1988.

    Tu en parleras... et après, théâtre, 1989.

Fournier, Roger

    La Danse éternelle, roman, 1991.

Gagnon, Madeleine

    L'instance orpheline, poésie, 1991.

Gaucher-Rosenberger, Georgette

    Océan, reprends-moi, poésie, 1987.

Lacasse, Lise

    La Corde au ventre, roman, 1990.

    Instants de vérité, nouvelles, 1991.

    Avant d'oublier, roman, 1992.

Laframboise, Alain

    Le magasin monumental, essai sur Serge Murphy, bilingue, ill., 1992.

Laframboise, Philippe

    Billets et pensées du soir, poésie, 1992.

Latif-Ghattas, Mona
    Quarante voiles pour un exil, poésie, 1986.
Michelut, Dôre
    Ouroboros (anglais), fiction, 1990.
Morris, Roberta
    Miriam ; an autobiography (anglais), a novel, 1993.
Payant, René
    Vedute, essais sur l'art, 1987, réimp. 1992.
Robert, Dominique
    Jeux et portraits, poésie, 1989.
Théoret, France et Francine Simonin
    La fiction de l'ange, poésie, gravures, 1992.
Tremblay, Larry
    La Place des yeux, poésie, 1989.
Tremblay-Matte, Cécile
    La chanson écrite au féminin — de Madeleine de Verchères à Mitsou, essai, ill., 1990.
Tremblay, Sylvie
    sylvie tremblay… un fil de lumière, chansons, ill., 1992.
Varin, Claire
    Clarice Lispector — Rencontres brésiliennes, entretiens, 1987.
    Langues de feu, essai sur Clarice Lispector, 1990.
Verthuy, Maïr
    Fenêtre sur cour — voyage dans l'œuvre romanesque d'Hélène Parmelin, essai, 1992.
Zumthor, Paul
    Stèles suivi de *Avents*, poésie, 1986.

MARQUIS

Montmagny, Qc
octobre 1993